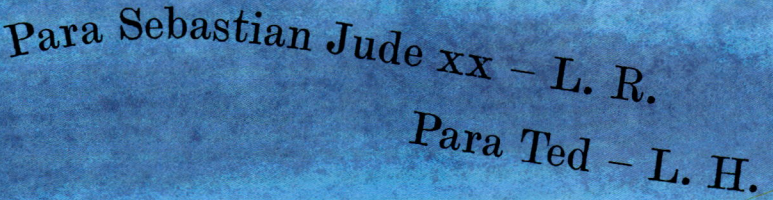

Para Sebastian Jude xx – L. R.

Para Ted – L. H.

Puedes consultar nuestro catálogo en www.picarona.net

Gato de bruja
Texto: *Lucy Rowland*
Ilustraciones: *Laura Hughes*

1.ª edición: noviembre de 2024

Título original: *Witch Cat*

Traducción: *Júlia Gumà*
Maquetación: *El Taller del Llibre, S. L.*
Corrección: *Sara Moreno*

Edita: Picarona, sello infantil de Ediciones Obelisco, S. L.
Collita, 23-25. Pol. Ind. Molí de la Bastida
08191 Rubí - Barcelona - España
Tel. 93 309 85 25
E-mail: picarona@picarona.net

ISBN: 978-84-9145-752-7
DL B 11497-2024

Printed in China

Tomillo era el gato de una bruja, y sus ojos eran de un verde brillante.
La gente le gritaba cuando volaba por el cielo:
—¡Eres el MEJOR gato de bruja que existe! ¡Qué revuelo!

Mientras Tomillo ronroneaba, la Bruja dijo con orgullo.
—Juntos somos perfectos,

y así siempre se mantendrá,
el gato Tomillo y yo, ¡sin defectos!

Cada año en su calle,
la bruja, como regalo,
organizaba una fiesta
para todo el poblado.

Pero después de la diversión, Tomillo parecía **cansado**,
y la pobre calabaza ya había **olvidado**.

Amaba a su bruja, pero con la curiosidad que tenía, se decía:
—¡Hay **todo un mundo** que podría conocer algún día!

Piensa en los lugares y en todas las caras que podría ver.

¡Oh! ¿Qué gato podría llegar a ser?

—¡Es hora de explorar! —Tomillo se despidió con la pata
y se marchó siguiendo la luz de la Luna de plata.
Caminó hacia el puerto, donde tuvo una gran sorpresa:
¡un BARCO PIRATA se marchaba pronto!
★ ¡Qué promesa!

Un hombre con un parche en el ojo
asomó la cabeza por una trampilla:
—Por favor, ayúdanos a poner
a los ratones en remojo.

Tomillo subió a bordo y miró a toda la pandilla.
¿El gato de un pirata? ¡Eso podría ser una **MARAVILLA**!

¡Pero maravilla **NO** era!
¡El barco se movía de mala **manera**!
Se estrellaba arriba y abajo en el oleaje.

Mientras los ratones corrían
con coraje, el pobre **Tomillo**,
que se encontraba mojado sobre
la cubierta, vomita que vomitaba.

Cuando encontraron algo de tierra, él saltó hacia la arena.

Los piratas remaron de nuevo hacia el barco,

y Tomillo (¡ahora seco!) les dijo adiós.

—Yo no embarco. ¿*Ahora* qué gato debería ser?

Justo entonces vino un caballero, con su armadura tan **brillante**
que los rayos de Sol se reflejaban al instante.
Y Tomillo, impresionado, valientemente infló el pecho.
—¡El gato de un caballero!
¡A eso le podría sacar provecho!

... pero pronto se dio la vuelta cuando, con **horror**,
descubrió que iban a visitar a...

El caballero y su caballo dijeron:
—Eres bienvenido, por supuesto.
Así que Tomillo saltó al vagón...

¡un **dragón**!

Y ahora Tomillo se encontraba en las afueras de un bosque pensando:

«¿Qué clase de gato debería ser?».

Vio a una niña, con su cabello rizado, que le invitó a tomar un helado.

Él sonrió: ¡Una mascota! ¡Mi mejor idea! No suena demasiado *peligrosa*.

¡Ser un gato mascota va a ser **fabuloso!**

¡Pero oh-oh!
¡Ya es demasiado
tarde!

¡Las cosas se han
ido un poco
de madre!

Durante muchos días,
intentó por varias vías
encontrar qué clase de gato debería ser.

Pero por mucho que lo intentaba,
nada era lo que le **gustaba**.

Y pensó, «¿Qué es lo
que pasa conmigo? ¿Es tan
difícil encontrar un **amigo**?».

Los meses pasaban, hasta que un día, llorando,
Tomillo se encontró una escoba
en la calle deambulando.

—¿Qué gato debo ser? **¡Si soy un gato de bruja!**
Y se puso de pie para volver a su burbuja.

¡Ahora sí que lo tenía CLARO!
¡Pero se había equivocado
dejando a su bruja de lado!

—¡Voy a ir directo!
Pero ¿qué va a decir?
Y para llegar a casa,
¿dónde tengo que ir?

Justo cuando el Sol se ponía,
el gato, todo mojado,
vio una **calabaza**
en muy buen estado.

—¡La fiesta!
—se quejó negando con la cabeza,
y se quitó una lágrima
con destreza.

Se metió dentro
por la **gran sonrisa** de la calabaza.
Pobre Tomillo, ahora lloraba.

—Cómo deseo

poder estar

junto a mi bruja

en nuestro hogar.

Entonces Tomillo se durmió triste.

En la ciudad, la Bruja añoraba.

—¡Es la hora de la fiesta! ¡Bienvenidos! –gritaba.

Toda la gente vino, pero... no era lo mismo

si no tenía a Tomillo compartiendo protagonismo.

¡Le compraron golosinas! Manzanas especiadas y caramelos
y los bombones más bonitos que había en el mundo entero.
Con una sonrisa de oreja a oreja en una boca naranja elegante y...

¿qué son esos ojos de un

verde brillante?

Todos dieron un grito cuando Tomillo salió disparado
y saludó a su bruja con un ronroneo muy esperado.

—¡Es el mejor
Halloween
de la historia!

—rio la bruja, mientras le acariciaba el pelo de forma satisfactoria.

Y Tomillo estuvo seguro al cruzar la puerta
de que su **hogar** era justo donde debía estar.

—Así que, ¿qué gato soy?
–preguntó con un suspiro–.
Un gato de bruja, por supuesto.

A mí nadie
me quita
el puesto.